Peter Ahorner

Handbuch der österreichischen Schimpfwörter

Peter Ahorner

Handbuch der österreichischen Schimpfwörter

ueberreuter

Das für dieses Buch verwendete Papier aus geprüfter nachhaltiger
Forstwirtschaft lieferte Salzer Papier, St. Pölten.

1. Auflage 2014

ISBN 978-3-8000-7602-4

Covergestaltung: BoutiqueBrutal.com
Coverillustration: © Joe Wannerer
Druck und Bindung: Druckerei Theiss, St. Stefan im Lavanttal

www.ueberreuter-sachbuch.at

Einleitung

Zunächst darf ich den geschätzten Leser ausdrücklich warnen: So manches Maledictum oder so manche Redewendung in diesem Band könnte zarte Seelen mehr als befremden. Abgehärtete, abgeklärte Wesen werden sich bestätigt fühlen: Gäbe es keine sexistische, körperfeindliche, frauenverachtende, rassistische, also generell menschenverachtende Gesinnung auf dieser Welt, könnte ein Schimpfwörterbuch das Quantum von fünf Straßenbahnfahrscheinen nicht überschreiten. Empfindlichen Gemütern sei daher empfohlen, diese Sammlung abwertender bis vernichtender Wörter und Phrasen als Brevier menschlicher Angriffslust mit einem Augenzwinkern zu lesen: Bei aller Archaik, die in uns wohnt – in die Realität umgesetzt werden diese Drohungen erfreulicherweise äußerst selten.

Wer schimpft, teilt verbal aus, die abgefeimteste sprachliche Zerstörung ist meist »erträglicher« als körperliche Attacken. Nicht zuletzt deshalb werden Beleidigungen so gerne angewandt, weil – angeblich! – keine Rechtsfolgen drohen. Was allerdings sprachliche Vernichtung im Innenleben des Verletzten auszulösen vermag, ist (akten)bekannt. Und die Dunkelziffer ist vermutlich erschreckend hoch.

Klar ist und bleibt: Egal, welches Schimpfwort fällt, für den Vernichtungsgrad sorgt immer der Absender. Der Tonfall generiert die Stärke der Verletzung: *Du bist so eine Sau!* etwa kann zwischen totaler Verachtung des Beschimpften und bewundernder Aussage eines Verliebten oszillieren. Vor allem gilt: Die Botschaft entsteht beim Empfänger. Wesentlich ist klarerweise, wie gut sich die Kontrahenten kennen. Verbalattacken auf Fremde kommen verständlicherweise nicht so leicht über die Lippen, da noch vernichtendere Repliken drohen und kaum antizipiert werden können.

Das Götzzitat wird von einem nicht einmal wahrgenommen, demnach überhört. Ein anderer wird bei der Aufforderung: *Kannst jetzt bitte amoi ganz kurz die Goschn haltn?* zusammenbrechen.

Die Mimik ist beim Schimpfen naturgemäß von großer Bedeutung: Ein verächtlicher Blick zur Aussage *Verstehst du mi eigentlich oder tust du nur so?* kann bisweilen vernichtender sein als ein mit zugewandtem Lächeln übermütig, aber wohlwollend gesagtes *Geh scheißen!*

Auch Gestik ist wesentlich für den Transport von Schimpfwörtern: Entscheidend ist hier die körperliche Drohgebärde, um Angst beim Gegner auszulösen.

Die essentiellen Themen, um jemanden verbal zu erledigen: Unterstellte körperliche Unzulänglichkeiten (Missgeburt, Abzwickter), geistige Mängel (Dodl, Weh), Rassismus (Bimbo, Dunkelhäutiger), Fremdenfeindlichkeit (Katzelmacher, Pusztawürschtl), Schmutz und Ekel (Drecksau, Heislratz), Genitalien (Fut, Beidl), sexuelle Neigungen (Bachener, Ghazta), Körperausscheidungen (Lulu), Tiernamen (Hundianer, Vogel), Gewaltandrohungen *(I hau di AKH!)*, Morddrohungen *(I faschier di!)*.

Hilfsmittel sind stets Unterstellung *(Dei Vota hod am Ofn gjaunkert und dann bist a Keks worden.)* und Übertreibung *(I reiss da in Oasch bis zum Stehkrogn auf!)*.

Wer schimpft, schweigt noch nicht über das Leben – manche Injurien, seien sie auch noch so ordinär, haben mitunter etwas Rührendes *(I zerbresl di und verkauf di ois Panier fia an stinkertn Karpfn!)*. Ich darf den geschätzten Leser ersuchen, weder inkommodiert zu sein noch zu werden. Nach schlimmen Sätzen ist schon manches Kosewort entstanden.

A Wort no – und es woa dei letztes!
Falls du noch einmal deine Stimme erheben solltest, wird es zum letzten Mal sein!

Aasgeier
1. (geld)gieriger Mensch
2. Erbschleicher

abalaikig
schmierig

Abgschaffter
Typ, der sein Ansehen verloren hat

Abortbemschtl
Klobesen

Abstauber
1. Schmarotzer
2. Gewinnler ohne Gegenleistung

Abwischfetzn
jem., der sich zu allem gebrauchen lässt

Abzwickter
Zwerg

Achtstundbüsler
(Achtstundenschläfer) Konformist

Aff
Dummkopf, Nervensäge; *Gselchter Aff!*

Affenschas
Affenfurz

Ägagrind
Sturschädel

Anbempate	(unfreiwillig) Geschwängerte
Anbrunzta	jem., der sich beim Urinieren nass gemacht hat
anbrunzter Waschlappen	angepisster Schwächling
Anbuffte	Geschwängerte
Anghiaslta	Besoffener
Anglanta	(Angelehnter) im Stich Gelassener *Lass mi anglant!* – Lass mich in Ruhe! *Sie hod eam anglahnt lassen.* – Sie hat ihn verlassen.
Angrennta	Hirngeschädigter; *Bist angrennt?* – Ist dein Hirn irgendwo kollidiert?
angschodat	blöd
Angstochener	Betrunkener
Angstrahter	s. o.
angwischlta Oachkatzlschwoaf!	Ausruf bei Ekelempfinden
anlassiger Hund	Frauenbelästiger

Anpeckte	Schwangere
Anpotza	(Anpatzer) Denunziant, Verleumder
Anpotzta	1. Denunzierter, sozial Geächteter 2. Schmutzfink
Ansatrottel	Obertrottel
Anstandsrestl-übriglasser	Schnösel, der nicht alles aufisst, um zu demonstrieren, er sei kein Hungerleider
Antialkoholiker	ungeselliges Wesen
Antn	(Ente) 1. dumme Frau 2. Vagina
Antritschta	1. Illuminierter 2. Dümmling

Anziges Wiaschtl von an Paarl auf da gaunzn Wöd!

Solist unter sämtlichen armen Würstchenpaaren auf Erden!

anpritscht	hysterisch
Armutschkerl	1. armseliger Mensch 2. geistig zurückgebliebenes Wesen, das daher höchstens Mitleid erwarten kann

Arsch	siehe *Oasch*
Assel	hässliche Frau
Atomschädl	überdimensionaler Kopf
Attrappn	Lemming, Mensch ohne Ecken und Kanten
Aufgstellter Mausgogl!	Du lächerlicher Wicht!
Aufhusser	Anstifter, Aufwiegler
Aufstecher(l)	Verräter
Ausfratschler	hinterlistiger Aushorcher
ausgfranster Dodl	Depp in ärmlichem Gewand
Ausgfressener	Dickwanst
Ausgfuzelter	körperlich Ruinierter
Ausgraser	Ehebrecher
ausgschamt	ohne Schamgefühl; *Ausgschamte Luag!* – Schamlose Lügnerin!

ausgschissn	die Gunst, Achtung verloren (haben) *Du hast ausgschissn bei mir!*
Aushilfstrottel	Trottel auf Abruf
ausrangierte Hur	Prostituierte auf dem Abstellgleis
Aussackler	Halsabschneider
Außenspiegel-umklapper	lächerlicher Autonarr
Ausstallierer	notorisch übel Nachredender
Auster	dicker Schleimauswurf als Synonym für kriecherische Person
Austrickate	(Ausgetrocknete) Frau ohne Libido
Austauschspieler	Typ zweiter Wahl
auszahts Gagauheidl	eingeschrumpfte Milchhaut im Kakao
Auszucker	Choleriker, Durchdreher
Auszuzelter	moralisch, physisch oder pekuniär Ausgemergelter
Autoantennen-abschrauber	Spießer

Autobahnrechtsfahrer	Feigling
Autoheidl	Hure, deren Arbeitsplatz im PKW ist

Baa(n)	Hure
Baafeign	Vulva einer Prostituierten
Baafutaräu	(Futteral) s. o.
Baambrunzer	Baumpisser
Bachener	Homosexueller
Badhur	billige Schlampe
Badwannpirat	1. Feigling 2. Kleingeist
Bagasch	(Bagage) Pack, Gesindel
Baitlschneider	Halsabschneider
Bamschabl	dummer Mensch
Banahaufen	zaundürres Wesen
Bankert	1. ungezogenes Kind 2. uneheliches Kind, Findling
Banklreißer	Moribundus, Todeskandidat

Bauernmalerei	übertriebene Schminke: *Bist stolz auf dei Bauernmalerei?* – Dein Make-up reicht für eine ganze Mädchenklasse!
Bauerntrampel	Einfältige vom Land
Baunsch	ungewolltes Kind
Bazi	großspuriger Typ
Beidl	1. Widerling, Intrigant 2. Hoden
Beidlgruft	weibliches Geschlechtsteil
Beidlratz	(Sackratte) Filzlaus
Beidlviech	abscheulicher Typ
Beidlwossa	Getränk von absolut minderer Qualität
Beipack-zettelleser	übervorsichtiges (aber auch naives) Wesen
Beißzangn	Frau mit Schimpfzwang
Bemmerl	1. Kotkügelchen 2. selbstgefälliger Wicht 3. *Des is ka Bemmerl!* – Das ist keine Kleinigkeit!

Bemsl Begriffsstutzige(r)

Benzinpreis-vergleicher Groschenzähler

Besen kratzbürstige Frau

Betonschädl Ignorant, Sturkopf

Betonstampfer fette Füße (siehe *Bösendorfer, Klavierhaxn*)

Bettbrunzer Bettnässer

Bettschwester Freundin, Geliebte

Beuschl-schlepper Kellner

Biag o!

Verpiss dich!

Biaschtn (Bürste) weibliche Scham(behaarung)

Bimbo Schwarzer

Bissgurn Keppelweib

Bist du gscheit – du bist so was von deppert!

Was als vermeintliches Lob begann …

Bixn	weibliche Scham
Blader	Fettwanst
Blasenteetrinker	Langweiler
blasi	eitel, aufgeblasen
Bledara	Schwachkopf
blede Wabn	blöde Frau
Bledl	Depperl
Bletschn	Pickel im Gesicht (auch: großes Salatblatt)
Bletschenschädl	hässliches Gesicht
Bliarz	Trottel
Blindschleichn	1. kurzsichtige Person 2. verlogene Frau 3. hinterlistiger Mensch
Blitzgneisser	1. Mann von rascher Auffassungsgabe 2. Begriffsstutziger: wird meist pejorativ verwendet
Bloßhaperter	(Barfüßiger) lebensferner Dummkopf

bluadiga Daubnoasch	blutiger Taubenafter
Bluatsauger	Ausbeuter, Wucherer
Blunzn	unausstehliche Frau
Bosnigl	hinterhältiger Typ
Bölli	(Stier) Idiot
Bösendorfer	sehr dicke Waden (siehe *Betonstampfer, Klavierhaxen*)
Brechmittel	Person, die (einfach) zum Kotzen ist
Broadmocha	(Breitmacher) Wichtigtuer
Broadoaschada	Mann mit fettem Hintern
Broadoschade	weibliches Wesen mit gebärfreudigem Becken
Brodl	leichtes Mädchen
Brodler	Lahmarsch, Zeitverschwender
Bruinschn	faules weibliches Wesen
Brunzer	Pisser
Brunzpute	fällt oft unter höheren Töchtern

Bruat
(Brut)
1. Pack, Gesindel
2. Kind(er) (pej.)

Bsuff
habituell Besoffener

Burli
1. Grünschnabel
2. Ahnungsloser (auch älteren Jahrgangs)

Bürohaxn
unbedarfte Angestellte

Cassetten-beschrifter	Angepasster, Pedant
Chinesen-schotterfresser	Stammgast im wohlfeilen Asia-Lokal
Chlorbrillen-träger	Weichei
Corpsmatratzn	Mädchen, das unter Corpsstudenten weitergereicht wird
Cremeschnittn	chronische Süßspeisenfanatikerin

D

Dabal	kindischer Erwachsener
Dabschedl	Dickschädel, Sturkopf
Dachtl?	Willst du eine aufs Dach?
Dackelduttlfrau	Dame mit Bienenstichbrust
Dackelhaxen	O-Beine
Dadedl	seniler Mann
dalkert	schwerfällig, ungeschickt
Dalkn	unförmige, dumme Frau; *dalkerte Dalkn* – extrem dumpfe Frau
Damenschneider	Gynäkologe
Damian	Dummkopf
Damischer	1. Schwind(e)liger 2. Schlaftrunkener 3. Dummkopf

Dampf o!

Verschwinde!

Dampfplauderer jem., der nur heiße Luft von sich gibt, Schaumschläger

Danebenbrunzer jem., der selbst zum Urinieren zu blöd ist

Da schauts wieder aus in dein Gsicht!
Hast im Kanäu ibanocht?

Dein Antlitz spricht Bände, wohl im Abwasserkanal übernachtet?

Datl Greis

Die is a ganz schens Muster!

Die hat es faustdick hinter den Ohren!

Die Hund solln deine Restln fressen. Und wanns nix mehr gibt von dir, wer i sie lang streicheln, die liabn Viecha!

Dei Muata hod se fun dein Voda nua farama lossn, weu sie die Nochwöd med an Oaschloch kwöhn woit!

Deine Mutter ließ sich von deinem Vater nur verführen, weil sie die Welt mit einem Arschloch bestrafen wollte!

Dei Vota hod am Ofn gjaunkert und dann bist a Keks worden

Dein Vater ejakulierte auf den Ofen, dann kamst du als Scherzkeks auf die Welt.

Deine Eltern woan zwa Schädlfetzn und ham an Fetznschädl baut – di!

Deine Schutzengeln soin heit no krepiern!

Die Gunst höchster Mächte mögest du noch heute verlieren!

Des ane muas ma dir lossn: Du bist sehr exklusiv, weil ka andara kann so deppert sein wia du!

Deliriumwanzn versoffener, mühsamer Typ

Depperter Dummkopf

Di brunzt ka Hund mehr an!

Du bist nicht würdig, dass ein Hund auf dich pisst!

Di ram i a no zamm!

Dich mach ich auch noch fertig!

Die Wöd besteht aus an Haufn klana Föhla. Und da größte bist du!

Dir ram i des Wüde a no oba!

Deine Faxen werde ich dir abgewöhnen!

Dickschädl siehe *Dabschedl*

Dildolutscher	Perverser, Masochist
Dillo	Dummkopf
Dioptrienotto	hochgradig Sehbehinderter
Diplomierte	registrierte Hure
Ditsch	Tölpel
Doan	naive, ungeschickte Frau
Dodl	geistig Zurückgebliebener
Dodlsmoking	Trachtenanzug
Dolm	Depp, Witzfigur
Dorfmatratzn	Dorfflittchen
Dragoner	resolute Frau
Dramhapata	Traumtänzer, Geistesabwesender
Drantsch	1. Frau ohne Manieren 2. ungepflegte Frau
Draufsitzer	jem., der auf dem Geld sitzt, demnach ein Geizhals
Drecksau	seltener ist das Aussehen, meist der fiese Charakter gemeint

Drecksbeidl	siehe *Beidl*
Dreckschleuder	diffamierende Person
Drecksfotzn	weibliches Wesen mit schlechtem Charakter
Drecksgfries	grottenschlechte Karikatur eines Gesichtes
Dreckshund	unverschämter Mann
Drecksviech	elendes Charakterschwein
Dreckwuzl	beleibte, unsaubere Person
Drenzer	1. Umstandsmeier 2. jem., der sein Gewand beim Essen beschmutzt
Dressierer	Sadist
Driandschn	Mädchen, das ein dummes Gesicht macht
Driwalossarin	(Darüberlasserin) nicht sehr wählerische Frau in Liebesangelegenheiten
Drucker	Knauser
Drud	böses Weib, Hexe

Drüllar Depp

Druzl fettleibige Person

Duftkerzen-sammler Spießer

Dul beleibte Frau

Dumpfnudel blöde Frau

Durchputzte oftmals beschlafene Frau

Durchgwassert gheast!
Du gehörst ordentlich verprügelt!

Duttlbär Vollbusige

Duttlkind Säugling

Duttlschupfer Busenfetischist

Duttlsheriff Polizistin

Du Abziehbüdl von an Menschen!
Du (schlechte) Kopie eines Menschen!

Du angsoffener Heisltschik!
Du nasse Kippe im Pinkelbecken!

Du augschtellter Mausdreck!

Du aufgestellter Mäusekot!

Du Ausborgter vom Teifl!

Du Assistent des Teufels!

Du ausdrickade Stöhzn!

Du eingetrocknete Schweinestelze!

Du Bazühn!

Die Welt braucht dich wie schädliche Bakterien!

Du Beleidigung der Natur!

Du Affront für die Schöpfung!

Du bist dem Teifl aus da Buttn gsprungen!

Du bist zu nichts gebrauchen!

Du bist zum Scheißn zu deppert!

Du bist eindeutig unterqualifiziert!

Du bleda Säckl!

Du lästige Wanze!

Du brauchst ned verzweifeln – du muasst!

Du brunzt sicha wia a oida Bär!

Sicherlich pisst du wie ein alter Bär!
(mit zittrigem Strahl)

Du anzuzelts Buttersemmerl auf da Zahnprothesn von an Hofrat im Finanzministerium!

Du dreackiga Sausiach, du!

Du Sauhund!

Du Drecksau!

1. Du Charakterschwein!
2. Du perverses Schwein!

Du Drecksviech!

s. o. (hier kann sich der Insultierte ein Tier quasi aussuchen)

Du falscher Fuffzger!

Du verlogener Mensch!

Du Frischgfangter!

Du Ahnungsloser!

Du Futschas!

Du Geruch beim Entweichen von Luft aus der Vagina!

Du geistige Umweltverschmutzung!

Deine Idiotie ist eine Bedrohung für die Natur!

Du Fock, du! – Du Sau! Du gheast abgschafft!

Du gehörst (eigentlich) verboten!

Du Gerücht von an Menschen!

Glaube nicht, du seist ein Mensch!

Du gheast in a Burnheidl faschiert, de Rozzn brauchn a wos zum Fressn!

Man sollte dich in einer Burenwurst verarbeiten, schließlich haben auch Ratten Hunger!

Du gheast in Guglhupf!

Verkomme! Du gehörst entsorgt!

Du greifst da ins Gsicht? – Graust dir vor gar nix mehr?

Du berührst dein Gesicht? –
Graut dir vor nichts mehr?

Du Gsicht!

Dein Antlitz ist eine optische Beleidigung!

Du Hobagas!

Du blöde Kuh!

Du host no laung ned ausgreat!

Deine bittersten Tränen hast du noch vor dir!

Du Häusl!

Du Abort!

Du Häuslratz!

Du Abortratte!

Du Hurenkind von an Sandler!

Prostituierte und Penner sind deine Eltern!

Du Irgendwos von nix!

Du völlig Bedeutungsloser!

Du kasch m'r uf d'Kilbe ko!

(Du kannst mir auf den Jahrmarkt kommen) – Du kannst mich mal!
Du kaunst mi oaschlings! – s. o.

Du klana Schas!

Du kleiner Furz!

Du kriagst ja ned amoi im Tierheim an Platz, Du Viech!

Du Larifari!

Du konturloses Wesen!

Du Letzter nach die Allerletzten!

Du völlig Wertloser!

Du Loch in der Natur!

Du absolutes Nichts!

Du miachtlata Sockn!

Stinksocke!

Du Missgeburt von an Affn!

Du Fehlbildung eines Primaten!

Du mit dein schweflign Heiligenschein!

Du diabolischer Heuchler!

Du Nix ohne irgendwas!

Du völlig Bedeutungsloser existierst nicht!

Du Oasch von an Oaschloch!

Du Doppelarsch!

Du Oaschal!

1. Du kleines, lächerliches Arschloch!
2. Du feiger, dummer, mieser Arsch!

Du Oaschtrottel!

Du blödes Arschloch!

Du oide Seefischhandlung!

wenig charmante Bezeichnung für eine ältere Dame

Du Pensionistenfahrscheinsammler, der si ned Tramway fahrn traut!

Du Rentnerticketsammler mit Schiss vor der Straßenbahn!

Du Perversling!

Du sexuell Abartiger!

Du Pleampl!

Du Begriffsstutzige(r)!

Du Prototyp von an Trottl!

Du Vorzeige-Modell eines Idioten!

Du Saf!

Du schmieriger Kerl!

Du saubleda Trottel!

Trottel der besonders saudummen Art (Synonym für Volltrottel)
Du Schande für die Menschheit!

Du Schand für olle Viecha!

Selbst in der Tierwelt gebührt dir kein Platz!

Du Schas mit Quasteln!

Du Nichts von einem Nichts!

Du Schas vom letztn Ruaß!

Du letzter Dreck vom Abschaum!

Du Schas von an Futschas!

siehe *Futschas*

Du Schas von an Schas!

Du Furz eines Furzes! (Oberstinker)

Du Schauer!

Keiner glotzt so doof wie du!

Du schiache Leich!

Du hässlicher Kadaver!

Du sollst no vü Geld ausgeben fia die Ärzte!

Ich wünsche dir jede Menge Krankheiten!

Du Sonderausgab von an Trottel

Du Musterexemplar eines Idioten!

Du stinkerter Präser in der Venediger Au!

Du übelriechendes Kondom in der Venediger Au! (Prostituiertenviertel im Wiener Prater)

Du Viech!

Du Nichtmensch!

Du Vogel!

Du Trottel!

Du waaches Ei von ana Spinnerin!

Du idiotischer Abkömmling einer Spinne!

Du Wanzn!

Du lästiges Subjekt!

Du Wiaschtl!

Du Versager!

Du Wiaschtl ohne Saft!

Du Vollversager!

Du Wunschkind von an Trottel!

Nur ein Idiot kann dich gezeugt haben und mit dem Ergebnis zufrieden sein!

Ei	Depp
eidrickata Speiberling	getrocknete Kotze in Form einer menschenähnlichen Gestalt
Eierbär	Meister Hodenpetz, Depp
Eierer	1. jem., der nicht auf den Punkt kommt 2. Nervensäge
Eiergsicht	Hohlkopf
Eierlikörspender	Vater debiler Kinder
Eierpecker	Taugenichts
Eierschädl	1. Dummkopf 2. Glatzkopf
Eierschas	übelriechender Darmwind
Eierschaukler	Faulpelz, Müßiggänger
Eierspeistrapper	Offizier im Generalsrang (Träger goldgelber Hoheitsabzeichen)

Eiersteiger	der auf die Eier tritt, also einem auf selbige geht
Eigwaachta	(Eingeweichter) Alkoholiker
Eindrickerter	(Eingetrockneter) ausgezehrter Typ
Einebettler	1. Kriecher 2. Schnorrer
Einedrahrer	Angeber, Wichtigtuer, Schleimer
Einekräula	Arschkriecher
Eineraunzer	1. Schmeichler 2. suspekter Verführer
Eingspritzter	Illuminierter
Einmeterbrett-hupfer	Angsthase
Eintunker	Betrüger
Eintunkter	1. Verulkter, für blöd Verkaufter 2. durch Alkohol Willfähriger
Einzeller	Mensch mit dem IQ einer Amöbe, demnach ein sehr unterentwickeltes Lebewesen

Eitabian	(Eiterbirne) Schwachkopf
E-Mail-Ausdrucker	1. Kleingeist 2. Umweltverschmutzer
Emmentalerhirn	Mensch mit löchrigem (durchlässigem) Gedächtnis
Energiespar-schlampn	Prostituierte, die (wohl aus guten Gründen) das Licht abdreht
Engelmacher	Erzeuger ungewollter und daher abgetriebener Kinder
Engelmacherin	Helferin bei illegalen Abtreibungen
Entenfütterer	1. Langweiler mit Hang zu idiotischer Idylle 2. Tierquäler
entrischer Jogl	Provinzheini
Entwicklungs-helfer	Sextourist mit Reiseziel Thailand oder Philippinen
Erbschleicher	dubioser Nachlassbetreuer zu Lebzeiten des todkranken Erblassers
Erbsenzöhla	1. Kleingeist, Pedant 2. Raffzahn, Gieriger

Erdäpfebauer so bezeichnet der weltgewandte Linzer (meist verächtlich) die restlichen Oberösterreicher

Erdäpflschädel Niederösterreicher

Erdäpflstempler Einfaltspinsel

Erkenntnis-theoretiker unverbesserlicher Pessimist

Erpferte unförmige Frau

Erscht samma kusch, dann derfst stad sein!
Du hältst jetzt dein Maul, dann darfst du schweigen!

Erstbesteiger kein mutiger Hochalpinist, vielmehr ein Lüstling mit Hang zu Jungfrauen

Erster-Stock-Liftfahrer Faulpelz

Erzhalunk Betrüger der abgefeimteren Sorte

Erztrottel Trottel der oberen Kategorie

Essiggurkerl humorloses (weil saures) Wesen

Eslwölger Tagedieb

Esterhazy-schnittn	liederliche Ungarin (siehe *Pusztawürschtl*)
Estragonscheißer	Dünnschisser, Angsthase
Extratrottel	ganz besonders trottoloser Trottel
Extrawurscht-gsicht	1. Wesen mit äußerst stupidem Antlitz 2. Gourmand

Exhaberer von dir söba!

Du Ex von dir! (Nur dich selber konntest du erwählen, jemand anderer hätte dich niemals gewollt! Und jetzt hast du dich verlassen, da selbst du dir zu blöd bist.)

Fablar Großmaul, Lügner

Fachtrottel einseitig Begabter

fade Nockn eingebildete, langweilige Frau

Fadian Langweiler

Fadl (kleine Sau) bezüglich des Aussehens schmutziges Wesen

Fäu mi ned aun! Belästige mich nicht!

Fak (Schwein) ungepflegter, verwahrloster Mensch

Falott suspekter Kerl, Lump (ital. *il fa lotto:* er spielt Lotto)

falsche Krot (Kröte) unaufrichtiges Weibsbild

falscher Fuffzger heimtückisches, verlogenes Wesen

falscher Hund hinterhältiger Mann

Fauehaufn fauler Mensch

Faxenmacher	jem., der sich ziert, Schwierigkeiten macht
Feg(e)feuer	zänkische alte Frau
Fehlgeburt	lebender Unfall der Natur
Feichtbiaschtn	(Feuchtbürste) geile Frau
feige Sau	häufige Bezeichnung für ein Wesen, das sich nichts traut
Feign	weibliche Scham
Feks	Dummkopf
Fensterplatz-reservierer	Langweiler
Ferngsteuerter	beinflussbarer Typ
Fertiger	Erledigter, Chancenloser
Feschgl	unwirsche Person
Festnetz-telephonierer	Weltfremder
Fettling	dicker Mann

Fettnvazahrer	allzu dürrer, hagerer Mensch
Fetze	ängstliche weibliche Person (weil sie sich vor Angst anpisst), manchmal auch derb für weibliches Geschlechtsteil
Fetzer	1. kleiner Junge, eigentlich einer, der sich noch in die Hose macht (von *fetzen:* urinieren) 2. Penis
Fetzn	billige Hure
Fetznbankert	verwahrlostes Kind
Fetznschädl	Dummkopf, meist werden Männer so genannt
Fetzpippn	Göre
Fia de Fiaß!	(für die Füße) – Das bringt nichts!
Fia de Fisch!	s. o.
Fickfetzen	Schlampe
Fickheftlstierer	Pornoheftleser
Ficksau	auch menschliche Eber werden so bezeichnet

Fickunfall	Mensch als böse Laune der Natur
Filzlaus	lästiger Mensch
Fisch(l)fut	1. streng riechende Vagina 2. ungepflegte Frau
Fischgradn	(Fischgräte) altes, böses Weib
Fisimatentn-Fabrikant	Umstandsmeier
Fix Laudon!	
	Fix von Kruzifix, Laudon nach dem k. u. k. Feldmarschall Laudon
Fladerant	Dieb
Flangal	(Schneeflocke) leichtes Mädchen
Flaschn	1. Feigling 2. Dummkopf 3. Nichtsnutz 4. *Flaschn?* – Soll ich dir eine runterhauen?
Fleischbank zua!	
	Schließe gefälligst deinen Hosenschlitz!
Fleanscher	jem., der (aus Unsicherheit) zwanghaft den Mund höhnisch verzieht

Flenngretl Heulsuse

Fliagn Dirne

Flitscherl leichtes Mädchen, Flittchen

Flitschn verachtenswerter als obiges Fräulein

Floatschn Frau mit zweifelhaftem Ruf

Flohbeidl
1. unverlässlicher Kerl
2. unreinlicher Mensch (weil er Flöhe beherbergt)

Flohdackn verlauster Hund

Floicho Blödian

Flügerl Schamlippen

Foiobst (Fallobst) Hängebrüste

Fopperkopf (Fopper: Schnuller) geistig zurückgebliebene Person, Dummkopf

Foaferl (Farferl) naives Mädchen, Dummerl

Forvel blödes »Mensch« (wahrscheinlich von Fakele: Jungschwein)

Forztrommel
1. weiblicher Hintern
2. blödes Weib

Fotzn?	
	Ohrfeige gefällig?
Fräulein Zizibe	Mimose
Fratnhaza	Anstifter (einer, der Wiesen anzündet)
Fratschlerin	1. Tratschweib 2. Aushorcherin
Fregattn	aufgetakelte Dame fortgeschrittenen Alters
Frisling	Vielfraß
Frontallappen-atrophiker	Wesen mit Gehirnschwund
Frotteesocken-bügler	Spießer
Früchterl	leichtsinniger, haltloser junger Mensch
Fuchtl	unerträgliche, weil dauerkeifende (meist ältere) Frau
Fudl	Trampel
Füdla	Gesäß Furchengänger, Bauerntölpel

Furiant Jähzorniger

Furzkistn kaum hörbar höflicheres Synonym für Schastrommel (s. d.)

Fut Vagina

Futfetzn
1. Damenhöschen
2. Hure

Futfigaro Schamhaarfriseur

Futgiatl (Vaginagürtel) Stringtanga

Futkanister
1. weiblicher Vollkoffer
2. dicke Dame

Futkarli
1. Damendiener
2. liebestoller Mann

Futkasperl
1. Frauenknecht
2. Klitoris

Futknecht siehe *Futkarli*

Futna Plural von Fut

Futraunzer Typ, der Kellnerinnen (vergeblich) den Hof macht

Futschas Flatus vaginalis

Futschoner	Damenbinde
Futspion	Gynäkologe
Futwarzn	1. Klitoris 2. Syphilis

gaga	verrückt
Ganga	lästiges Kind
Gangal	Lausebengel
Gantschn	Hund (pej.)
Gatschn	1. Tratschsüchtige 2. Denunziantin
Geagl	Tölpel, Narr
Gebärvater	Penis (eines Homosexuellen)
Gegga!	Pfui!
Geh in Oasch!	Verkomme, verrecke!
Geh sterben!	Hau ab! (manchmal ist es auch wörtlich gemeint)
Gehirn-amputierter	Volltrottel

Geh ham!	
	Stirb!
Geh scheißen!	
	Verschwinde!
Geifn	Hündin (pej.)
Geiga	Aufschneider
Geilspecht	Lüstling
Geisterbahn-gsicht	Fratze, die einen das Fürchten lehrt
Gfäuter	Stinker, Nervensäge
Gfeanzta	Heimtückischer
Gfick	1. Menge (höchst) unsympathischer Menschen 2. Clique 3. Schar vieler Ungeziefer
Gflickter	Narbengesicht
Gfrast	boshafte, hintertriebene Person
Gfrasta	schlimme Kinder

Gfrastsackl siehe *Gfrast*

Gfries hässliches Gesicht

Ghazta (Geheizter) Homosexueller

Giatltier Prostituierte, deren Revier am Gürtel ist

Gimpfter Beidl!

Indoktrinierter Sack!

Gimpl
1. Sonderling
2. Penis

Gitschnhucka einer, der im Kindergarten oder in der Schule gern bei den Mädchen hockt, wofür ihn die anderen Buben schmähen.

Gitterbett-Sheriff blutjunger Polizist

Gloderling Dummkopf

Goaß blöde Ziege

Gocklhuaba unbeholfener Mensch

Goderlkratzer Schmeichler

Gogger Trottel, Einfaltspinsel

Googl	1. Kotpille 2. Zwerg
Golatschen-fresser	Mehlspeistiger, Langweiler
Golatschengsicht	Mondgesicht
Goscha	Angeber
Goscherter	Großmaul
Goschn!	Maul halten!
Gnackwatschn	Nackenschlag
Gstopfter	reicher Mann
Gsöchta	(Geselchter) Schwuler
Gramml, das	1. hässliche Frau 2. Prostituierte
Grantnzuba	mürrische Person
Grantscherben	1. Miesmacher 2. Dauernörgler
Grauperter	Zerzauster, Verwahrloster

Gregger	pejorativ für kleiner Mensch, auch: *letzer Gregger* (»letz« südt.: klein, gering, schlecht)
Greana	(Grüner) Gauner
Greangger	Jammerer
Grindiger	ekelhafter Kerl
Grindnigl	Rotzbub
Großkopferter	Wichtigtuer, Bonze
Grüß-dich-Bozner	gespreizter Einwohner der Südtiroler Landeshauptstadt
Gschaftlhuber	Wichtigtuer
Gscheithaferl	Besserwisser
Gscheitwaschl	s. o.
Gscherter	Nichtwiener
Gschichtldrucker	Aufschneider
Gschirrtuch-bügler	Ordnungsfanatiker
Gschissener	Wehleidiger (im Extremfall: lebendes Stück Scheiße)

Gschloder	Gesöff
Gschteaml	kleinwüchsiger Mensch
Gspritzte(r)	1. jem., der einen Schuss hat 2. überhebliches, abgehobenes Wesen
Gstörte(r)	geistig Zurückgebliebene(r), Psycho
Gummistiefler	Bauer
Gstutzter	Kleinwüchsiger
Gurkerl	einfältiges Mädchen
Gurkn	dummes weibliches Wesen *Blede Gurkn!*
Gurkerlschneider	Pedant, Krämerseele, kleinlicher Mensch

Hacklschmeißer	Keiltreiber, Unruhestifter, Intrigant
Hacknstader	Arbeitsloser
Häfenbruada	Zuchthäusler
Haislratz	verlebte Prostituierte
Haderlump	Taugenichts, schlechter Kerl
Halbidiot	hoffen wir auf die bessere Hälfte …
Halbkreis-ingenieur	Straßenfeger
Hallawachl	plumper, einfältiger Mann

Halt die Pappn und friss ma ned mei Luft weg!

Halt die Pappn und verstau dein Schwachsinn in dein hinichn Hirn!

Halt d'Schnorra!

Halt dein Maul!

Halts zamm!	s. o.

Hams da ins Hirn gschissn und ned obelossn?

Wiener Suggestivfrage der destruktiveren Art

Hardigatti!

Verflixt!

Hargottzag!

Herrgott-Sakrament!

Hardimizzn!

Osttiroler zürnen selbst Maria

Hau di iba die Heisa!

Hau ab!

Hasch-Yuppie schnöseliger, junger Karrierist mit reinrassigem Hund (weder muss es sich um einen Hush Puppie noch um ein bekifftes Herrchen handeln)

Hatscherter Gehbehinderter

Haubnstock dumme, eitle Person

Haubntaucha Versager

Hausdepp geistig Zurückgebliebener

Hausdetschn?
Ohrfeige *della casa* gefällig?

Haushaltskassa-führer
Knauser

Haut
Prostituierte

Heanadreck
(Hühnerkot) bedeutungsloser, unscheinbarer Mensch

Heidlkoch
(Hautkoch) Würstelbudenverkäufer

Heigeign
allzu große, allzu schlanke Frau
Heilwassertrinker, Hypochonder

Heisl
lächerliche Person; *Hau di iba die Heisa, du Heisl!* – Hau ab, du Witzfigur!

Heislrotz
Kloratte
Heislfraukniara jem., der vor der Toilettenfrau kniet (ihr den Hof macht)

Hendl
1. ständig gackerndes weibliches Wesen
2. unbeholfene, zerstreute, stets überforderte Frau

Heping!
Rüge an ein unfolgsames, freches Kind

Herzibinki	1. verwöhnter Liebling (pej.) 2. Wesen, das sich der Gunst einer anderen Person erfreuen kann, Protektionskind (pej.)
Herzscheißerl	s. o.
Hess	Hinterwäldler
Hetzmörder	Spaßbremse
Hex	1. Megäre 2. Xanthippe 3. Luder
Hiabadriatsch	Trottel
Hiafla	minderwertiges Personal, das Heu aufhäuft
Hiafla	Dodel, Depp, Versager (eigentlich: Zaunpfosten)
Hiani	s. o.
Hiasl	geistig Beschränkter
Hilfssheriff	Betatier, jem. ohne Entscheidungsgewalt
Hinicher	(hinich: kaputt) Demenzgeschädigter

Hirnamputierter	Strohkopf
Hirnederl	Flachkopf
Hirnhatscherter	Langsamdenker
Hirnkastrat	jem., der des Denkens nicht (mehr) mächtig ist
Hirnpreller brauchst!	Du hast (m)eine Faust auf dein Hirn nötig!
Hirnschieber	geistig beschränkter Typ
Hirntripper	Verblödung
Hirnverbrannter	jem., der wohl zu heiß gebadet wurde
Hirnwichser	Pseudointellektueller
Hirsch	Tölpel
Hoach-gschissener	Snob
Hochpuderte	weibliches Wesen, das mit Körpereinsatz Karriere macht(e)
Hoisabschneider	Halsabschneider, Betrüger

Hoppa-datscherter	überheblicher Kerl
Hosenfetzer	ängstlicher Mensch (der sich vor Angst in die Hose macht)
Hosenkatarrh	venerische Krankheit
Hosenscheißer	Feigling
Huazlschädl	engstirniges Wesen
Humurkn	blöde Frau (siehe *Urschl*)
Hundianer	abgefeimter, gerissener Mann (meist pej.)
Hundling	Mann, der es faustdick hinter den Ohren hat (s. o)
Hundsduttl	Hundetitte
Hundsfott	abgefeimter Typ
Hurnbeidl	letztklassiger Kerl
Hurnbock	einer, der nicht genug kriegen kann
Hurnkind	Deszendent einer Prostituierten *Heuer geh i im Fasching als Hurnkind – borgst ma dei Mama?*

Hutständer jem., dessen Kopf nur besagte Funktion haben kann

Huttl
1. Putztuch
2. alte Frau

Ibatrogane	(Übertragene) 1. nicht mehr Unberührte 2. gealterte Frau
Ibawuzelte	ältere Frau
Idiotnschädl	sehr dummer Typ
Idipflreiter	Haarspalter, Pedant
Individium	(Individuum) suspekter Mensch
irrsinniges Oaschloch	Arschloch der Sonderklasse
Iwabaa	(Überbein) verkommene Hure
Iwafölliga	(Überfälliger) jem., der bald dran kommen wird
Iwakandidlta	(Überkandidelter) exaltierter, nervender Typ
Iwaroi des söwe mit dir!	Überall bist du eine Enttäuschung!
Iwazöhliga	(Überzähliger) unnötiger Typ

I banl di aus!

Ich werde dich ausweiden!

I betonier dir glei ane!

Faustschlag gefällig?

I bin ma sicher, dass du a Gspaltener bist, weu a anziga Mensch kann ned so a Trottl sein!

Du musst schizophren sein, denn so ein Riesenidiot passt nicht in ein Individuum!

I bin scho angfressn auf di, bevor du no die Pappn aufmochst!

Schon bevor du ein einziges Wort sagst, habe ich genug von dir!

I blos di um!

Ich puste dich weg!

I brauch di wia an Kropf am Hals!

Ich brauche dich wie einen Kropf!

I brauch di wia an Staa am Schedl!

Dich habe ich nötig wie einen Stein auf den Kopf!

I bring di zwa moi um!

Ich werde dich zweimal töten, damit ich ganz sicher sein kann!

I daschlog di mit an nossn Fetzn!

Ich werde dich mit einem feuchten Tuch erschlagen!

I drah da die Gurgl o!

Ich werde dich erwürgen!

I druck da ane!

Ich werde dir eine kleben!

I fahr di am Friedhof der Namenlosen, dass endlich wos wird aus dir!

Ich werde dich zum Friedhof der Namenlosen bringen, dort könnte einer wie du noch durchstarten!

I flack da glei ane!

Ich hau dir gleich eine runter!

I franz da ane, bis d mit dein Oasch auf d Uhr schaust!

Ich werde dir eine Ohrfeige verpassen, die so schallt, dass du mit deinem Gesäß auf die Uhr schauen wirst!

I fraunz da glei ane!

Ich werde dir gleich eine (Ohrfeige) verpassen!

I faschier di!

Du landest im Fleischwolf!

I flosch da glei ane!

Du rüttelst erfolgreich am Watschenbaum!

I gib da Tschinelln, dass no ibamurgn dei Schädl wackelt!

Ich werde dir eine verpassen, die du noch übermorgen spüren wirst!

I gleng da ane!

Ich hau dir eine runter!

I hab des ned so gmant, wia i dir gsagt hab: Du hast ma no gfehlt, du Trottel!

I häng di bei die Eia auf!

An deinen Hoden werde ich dich aufhängen!

I hau di, bis d nimma waaßt, wia du haaßt!

Ich werde verprügeln, bis du nicht mehr weißt, wie du heißt!

I helf dir gern beim Hamdrahn!

Bei deinem Selbstmord assistiere ich dir gerne!

I hau di AKH!

Ich verpass dir eine, sodass du im Allgemeinen Krankenhaus landest!

I hob di scho ned vertragn, bevor i di kennenglernt hab!

Du warst mir schon zuwider, ehe ich dich kennenlernte!

I kann di guat vertragen – wannst di endlich gschlichn hast!

Ich kann dich gut leiden, ab dem Moment, in dem du abhaust!

I klesch da ane!

Ich werde dir eine kleben!

I kriag di no, und wauns heit is!

Schon heute wirst du mich kennenlernen!

I moch a Gulasch aus dir!

Ich werde dich zu Pörkölt verarbeiten! (Ich mache Hackfleisch aus dir.)

I moch an Lebakas aus dir, und wer di dann frisst, wird a so a Trottel wia du!

Ich werde dich zu Fleischkäse verarbeiten, wer dich dann verspeist, wird ein Vollidiot wie du!

I moch dia kan Potschn mehr!

Deinetwegen werde ich mich nicht mehr für alles hergeben!

I pick da ane!

Ich werde dich ohrfeigen!

I pick di an d Wand, damit da letzte Sandler wos zum Spachteln hot!

Ich klebe dich an die Wand, damit der letzte Penner was zu essen hat.

I pick di ins Heisl vom Burgtheater, an Schas brauchens dauernd dort!

Aussage eines Feindes der Bundestheater

I pfeif auf die entan Grind!

Auf diese Scheißgegend kann ich verzichten!

I radier di aus!

Ich werde dich eliminieren!

I reib da ane!

Ich werde dir eine verpassen!

I reib da a Stereowatschn, dass scheppert!

Mit beiden Händen werde ich dich simultan ohrfeigen, dass es nur so schallt!

I reiß ma in Oasch auf fia di und du scheißt auf mi!

I reiß da die Ohrwaschln aus!

I reiß da in Schedl aus!

Ich werde dir deinen Kopf ausreißen!

I reiß da in Schedl aus und daschlag des nächste Oaschloch damit!

Ich werde dir deinem Kopf abreißen und mit selbigem ein weiteres Arschloch erschlagen!

I rauch da glei ane (an)!

Sehr bald schon werde ich dir eine knallen!

I rauch di in da Pfeifn!

Du bist kein Gegner für mich!

I reiß da die Haxn aus!

Ich werde dir deine Beine ausreißen!

I riach eam scho, den Gstank von deina Leich!

Ich kann bereits deinen Verwesungsgeruch vernehmen!

I schlitz di auf, dann kannst dei Beischl fressn!

Ich werde dich aufschlitzen, dann kannst du dein eigenes Lungenhaschée vertilgen!

I steck di in die Altkleidersammlung, dann wirst endlich Humana!

(Humana: Organisation im Kampf gegen die Armut)

I stick da wos ins Aug, vielleicht siachst dann, wos fia a Trottl du bist!

Ich werde dir eine Stickerei ins Auge verpassen, möglicherweise erkennst du dann, was für ein Idiot du bist!

I tusch da ane!

Gleich fängst du eine!

I verstau di ois a Lebendiga am Zenträu!

Ich werde dich am Zentralfriedhof lebendig begraben!

I wiag di so lang, bis d aus n Oasch rechelst!

Ich werde dich würgen, bis du aus dem Arschloch röchelst!

I zerbresl di und verkauf di ois Panier fia an stinkertn Karpfn!

Ich verarbeite dich zu Botkrumen und verkaufe dich als Bröselkleid für einen müffelnden Karpfen!

I zerstampf di zu an Grieskoch, des können dann deine Rauschkinder fressen!

Ich mache Griesbrei aus dir, den können dann deine Rauschkinder vertilgen!

I zind da glei ane!

Gleich fängst du eine Ohrfeige!

Jammerlappen Weichei

Jo, beim Oasch!

abschlägige Antwort

Jo, bist eh a Kinstla!

Kein Zweifel: Du bist ein Künstler! (Kommentar zu affektierter Rede oder Trägern von Existentialisten-Outfit (schwarz!) inklusive kreativ drapiertem Künstlerschal.)

Jo, bist eh a wertvoller Mensch – wannst ned do bist!

Jodldodl Depp aus den Alpen

Joghurtbecher-auswascher
1. Kleinkarierter
2. Messie

Jogl Provinzler

Ka Angst, mia zwa werdn scho zammkumman – dei Gsicht und mei Faust!

Kas	(Käse) langweilige Angelegenheit, erbärmliches Ergebnis
Kachl	1. dumme Person 2. Nachtgeschirr
Kadaver	Lebloser
Käula	(Keiler) aufdringlicher Verkäufer
Käutreiba	(Keiltreiber) entzweiendes Wesen, Intrigant
Käuwe	(Kalb) stupid glotzendes Wesen
Kalbsaugerter	(Kalbsbsäugiger) Typ mit großen, dümmlichen Augen
Kalbskopf	Depp
Kamöh	(Kamel) dummer Mensch
Kanaille	hinterlistige, böse Frau
Kappaschtock	Einfaltspinsel

Karpf der Karabiniere, ital. *carabiniere*

Kasch mr uf d' Kilbi ko
Du kannst mir gestohlen bleiben

Kasperl lächerliche Person (affirmativ, wenn Kinder so bezeichnet werden)
I moch eich sicha ned den Kasperl!

Kasernfetzn Soldatenhure

Kasperltheater-erstereihsitzer Schleimer

Katastroph auf zwa Haxn Debakel auf zwei Beinen

Katzelmacher Italiener

Kauz Sonderling

Kebabferrari türkischer BMW- oder Mercedesfahrer

Keifn Beißzange

Keifzangn s. o.

Kepplzahn s. o.

Kepplzangn s. o.

Kerzlschlucker frömmelnder Mensch

Ketterlbua
1. Schmuckträger
2. Homosexueller
3. Prolet (enge Badehose, Goldschmuck)

Kindskopf kindisches, dümmliches Wesen

Kipfl Einfaltspinsel

Kirbis (Kürbis)
1. Schädel
2. Dummkopf

Kittlschliafa Muttersöhnchen, Jammerlappen

Kistn dicke Frau

Kiwö (Kübel) Kerl, der in den Mist gehört

Kiwökind
1. Person, die auf der Gosse aufgelesen wurde
2. Findelkind

Klachl ungehobelter, dümmlicher Mann

Klamsch Hirnschaden

klans Liacht kein heller Kopf

Klavierhaxn dicke Beine (siehe *Betonstampfer, Bösendorfer*)

Klemmseckl	Geizhals; hier bezieht sich das Wort auf »Säckel« (kleiner Sack)
Klescher	Idiot
Klettn	Person, die man nur schwer loswerden kann
Kloanscheißer	kein Klo-Anscheißer, ein »Kleinscheißer« ist hier gemeint, eine Krämerseele
Klobesen	Aussehen, Funktion oder Rang kann gemeint sein
Kloschüssel-taucher	jem., dem vor gar nichts graut
Klowichser	in Toiletten Masturbierender
Kluppnsackl	(Wäscheklammertüte) alter Sack
Kniara	Arschkriecher
Knopflloch-scheisser	verkrampfter, kleinkarierter Mann
Knorohoblar	Rüpel, Flegel
Knoschp	Grobian
Knülch	mieser Typ

Koffer	peinliches Wesen (siehe *Vollkoffer*) Achtung, Wortspiel: *So an Koffer wia di pack i ned!*
Kogg	aufdringliches Wesen
Koid-Woama	(Kalt-Warmer) Bisexueller
Kolion(e)	ital. *il coglione* 1. Hoden 2. Trottel, Dummkopf 3. *So a Kolion(e)!*
Konsumtrottel	nomen est omen
Koschl	derber Kerl
Kraifaidl	Aufschneider
Kraköla	(Krakehler) Dauernörgler
Krampfgockl	unentspannter Typ
Krampfhenn	umständliche, stets nervöse Frau
Krapfn	große Vagina
Kreatur	widerwärtiger Mensch
Krepierl	schwächliches Wesen

Kretin!	1. Schwachsinniger 2. Missgestalt
Krezn	(Krätze) lästiger Mensch
Kripplgspül	armseliges Wesen
Kropfnfock	(Fock: Ferkel) hässliche, dumme Frau
Kroupfjoudl	Wesen mit überdimensionalem Kropf
Krukn	hässliche Frau
Kuahloch	Trottel

Kumm ma ned a so, sunst kumm i dir a so, dass du fakummst!

Kuttenbrunzer	Geistlicher
Kuttengeier	s. o.

Lachnummer	peinliches Wesen
Lackoff	(Lackaffe) Geck Fuck off, Lackoff!, manchmal reimt sich Englisch und Wienerisch
Lackl	grobschlächtiger Kerl
Lahmlackl	antriebsloser, träger Typ
Lahmoaschada	Lahmarsch, Antriebsloser
Lalla	Verblödeter
Lalle	1. Depperl 2. kindischer Mensch
Lamplschwaf	(Lämmchenschweif) Angsthase
Landpome-rantschn	unbedarftes Mädchen vom Land, das in der Stadt arbeitet
langs Elend	großer, hagerer Mensch
Lappe	siehe *Lalle*
Larvm	Mensch, der aufgrund seiner Hässlichkeit eine Larve trägt

Lasch Nymphomanin

Laufheisl
1. nicht mehr ganz taufrische Arbeiterin in einem Laufhaus
2. Stammkunde in einem Laufhaus

Laus lästiges Subjekt

Lausmensch schlimmes Mädchen

Lawuapappn Person mit überdimensional großem Mund

Lebsschädl (Lebs: billiger Wein) Weinschädel

Lederhosen-casanova alpiner Schürzenjäger

Lek Bukl!
Version des Götzzitates

Leck a Wossa!
Euphemismus für das Götzzitat

Lercherlschas (Furz einer Lerche) völlig Unbedeutendes, Bagatelle

Leich seit immer!
Lebensunfähiger!

Leischn	sehr lebenslustiges weibliches Wesen
Liagnschippl	notorischer Lügner
Licht-aus-Puderant	Schüchti, der nur im Finstern Liebe machen kann
linker Hund	verschlagener Kerl
Loch vom Oasch	inkarniertes Nichts
Loss di owe!	Ab ins Klo und spül dich runter!
Loss di zruckpudern!	die höchst schwierige Aufgabe an den Kontrahenten, er möge seine Geburt ungeschehen machen
Lotha	grobes Mannsbild
Lodüwe	(Lo: Arschloch; Düwi: Pickel) Gesäßpickel
Lotsch	Unbedarfter
Luach	(Lurch, Staubknäuel) alter Mensch
Luach von an Futschas	alte Prostituierte

Luada	(Luder) durchtriebene Frau
Ludl	Idiot
Lügenschippl	notorischer Lügner
Lumo	Lustmolch
Lulu	unbedeutendes, jämmerliches Wesen *Glaubst, i bin a Lulu?* – Du weißt wohl nicht, wen du vor dir hast? *(Na, i glaubs eh ned – i waaß es!)*
Lustgreis	alter Wüstling
Luxusfut	1. verwöhnte Lebensgefährtin 2. teure Prostituierte

Maaz	Blödian
Mäuoff	(Maulaffe) Dummkopf
Mäulpuderbaa	(Mundficknutte) professionelle Fellatrix
Malheur von an Menschen	unglückliches Exemplar eines Erdenbewohners
Mamaburli	Muttersöhnchen
Mamlaß	Unbeholfener
Marühn	(Aprikose) Schädel
Marmeladinger	Deutscher
Maroder	1. Kranker 2. geistig kaputter Typ
Matratzn	1. flatterhafte Frau 2. Prostituierte
Matschkerer	Nörgler
Mayonnaise-Hirn	Weichbirne

Meckara	ständig unzufriedene Person
Meierei	(Molkerei) weibliche Brust
Mentsch-narrischer	nach Frauen Verrückter
Miachtla(ta)	unangenehm riechender Typ
Miadsaok	mühsamer Mensch
Mial	schlampige Frau
Missgeburt	missratenes Wesen
Mistbradl	Miststück
Mistbruad	(Mistbrut) suspekte Personen
Mistbua	Lausebengel
Mistfetzn	siehe *Fetzn*
Mistfratz	schlimmes Kind
Mistiger	Mistkerl
Mistkäfer	schmutziges Insekt

Mistsau	Pleonasmus der gröberen Art
Mistviech	kann ein Mensch oder Tier sein

Moch an Schuach!

(Mach einen Schuh) Verschwinde!

Moch kane Manderln, Burli!

Sei nicht kompliziert, zier dich nicht, Junge! (demnach keine Aufforderung, Männchen zu machen)

Moch de Gowe, sunst host mei Messa im Hois!

Mach deine Beine breit, andernfalls ich dir in den Hals steche!

Moch Meter!

Hau ab!

Moodnsoog	Faulpelz
Mörderoasch	gewaltiges Arschloch (hat mit Totschlag nichts zu tun)
Mostschedl	Oberösterreicher
Muachtl	hässliche, übergewichtige Frau
Muagl	mürrisches Weib

Muara ungeschicktes Wesen

Mule Dickkopf

Mundschas Rülpser

Nachgeburt	*Hot di dei Mama in Kübl ghaut und statt dir dei Nachgeburt* (also einen Trottel) *aufzogn?*
Nadara	Spitzel
narrische Goaß	verrückte Frau
Narrndattel	Verhaltensauffälliger
nassgfederter Schopf	Sau mit nassen Federn
Nasskampelter	Lackaffe
Naturdepp	geborener Volltrottel
Naturtrüber	Kerl mit Gehirnerweichung

Ned kreativ werden, des hoit dei Schädl ned aus!

Bitte keine neue Idee von dir, das verkraftet dein Hirn nicht!

Nebochant	1. unfähiger Typ 2. Ignorant 3. Schnorrer
Negerant	Mittelloser

Neidhammel	neidischer Mensch
Neidkragn	s. o.
Neireicha	(Neureicher) Parvenü
Nockerl	affektiertes, dümmliches Mädchen
Nockn	dumme, überhebliche Frau
Nodicha	(Nodiger) 1. Geizkragen 2. armseliger Wicht
Nosnbliatn	(Nasenbluten) *Host Nosnbliatn zwischn de Fiaß?* – Hast du die Regel?
Nosnbohra	Nichtstuer
Nosnramml	1. Nasenpopel 2. bedeutungsloses Individuum
Nougatstecher	Analfixierter
Nuamale	Null, Versager
Nudlaug	Versager
Nudldrucker	1. Knauser 2. Geizhals 3. Pedant

Nudlfriedhof	s. u.
Nudlgarage	Nymphomanin
Nudlsuam	Dummkopf, Idiot
Nudlsuppn	Sperma
Nullerl	inkarniertes Nichts
Nuss	1. Einfältiger *(Blede Nuss!)* 2. *I nuss dir glei ane!* – Ich werde dir ein Kopfstück verpassen!

Oamleichta Armleuchter

Oasch Arsch
Du willst a Patriot sein, nur weilst im Oasch daham bist?
Geh in Oasch! – Lass mich zufrieden!
Dann steck mir halt a Perspektiv in Oasch und schau in mei Herz (Argument gegen Eifersüchtige, die nicht zu bekehren sind)

Oaschgeign Nervensäge

Oaschgsicht Antlitz in Form eines Gesäßes

Geh in Oasch und moch de Tia zua, du Gsicht!
Verschwinde in deinem Gesäß und schließe die Tür! (i. S. v.: Subtrahiere dich von dieser Welt!)

Oaschkräuler Arschkriecher

Oaschkrezn äußerst lästiger Mensch

Oaschprolet Scheiß-Proll

Oasch mit Ohren!
Dein Gesicht gleicht einem Hinterteil mit Ohren!

Oasch zum Kubus	Arsch in 3D
Oasch zum Quadrat	Arsch, potenziert
Oaschfistel	sehr lästiger Mensch
Oaschkapplmuster	1. Blödian 2. Zuhälter
Oaschlochfutdrecksau	wenn ein *Oasch* nicht reicht …
Oaschpartie	1. Gruppe höchst unsympathischer Menschen 2. miserables Fußballspiel
Oaschsau	Arsch und Schwein in Personalunion *Köflacher: ›Wouhea beistn dou?‹* *Obersteirer: ›Neit fa do.‹* *Köflacher: ›Sou schaust a aus, dou bleida Troutl!‹* *Obersteirer: ›Hoiti Papm, du westschtairische Oaschsau!‹*
Oaschseufzer	inkarnierter Furz
Oaschviech	Arschloch minderer Kategorie
Oaschwarzn	Auswuchs auf dem Gesäß

Obagscheida	Klugscheißer
Obalecke	Oralspezialist
Obaoasch	Arsch der Sonderklasse
Obaoaschloch	Arschloch der Sonderklasse
Obarindviech	Vollidiot
Obatogga	extrem dummer Mann
Ochsenschwanz	Eunuch
Odetschta	mit Ohrfeigen Traktierter
odrahter Hund	(abgedrehter) hinterhältiger Kerl
Ofotzn kenntad i di, waun i nur dei Gsicht siach!	Sehe ich dich an, will ich dir sofort eine runterhauen!
Oghausta	(Abgehauster) verkommener Typ
oida Knacker	alter Mann
oide Fee	bizarre alte Frau
Ohiasla	Taschendieb
oide Schachtl	Madame après deux âges

Omsl	(Amsel) schrullige Frau
Oschtia	(Hostie) Fluchwort
Oschteamuggn	s. o.
Ostierer	(Abstierer) Person, die Wehrlose (Betrunkene, Schlafende) bestiehlt
Owa nocha!	(aber nachher!) Ausdruck des Drohens
Owe	(hinunter) *Owe mit dir in Kölla!* – Steig in den Keller!
Owefetzer	Onanierer
Owesteiger	fanatischer Cunnilinguist
Owezahra	Faulpelz

Packlrass 1. Familie (pej.)
2. Gruppe (pej.)

Pappn!
Maul halten!

Panzer sehr beleibte Frau

Patschachter ungeschickter Mensch

Patzer Versager

Paumpata rotzfrecher Kerl

Peitscherlbua Zuhälter

Pemstl borniertes Wesen

Petschierter Typ, der nicht mehr weiter weiß

Pfiat di Gott, oide Krot!
Ich werde mich jetzt verabschieden, du hundsgemeine Vettel!

Pflutara Fettsack

Pfurzglockn Frau mit fettem Unterleib

Pfuscher	1. einer, der seine Arbeit unbefriedigend erledigt (hat) 2. Schwarzarbeiter
Phantastl	Weltfremder
Plausch ned, Pepperl!	
	Du kannst mir alles erzählen, ich werde es dir nicht glauben!
Plearengge	Heulsuse
Pletschkachele	Verräter
Pleampl	Trottel
Pliempl	s. o.
Ploochl	Kerl ohne Manieren
Ploderer	Angeber, Aufschneider, Dampfplauderer
Pluiwasch	stupider Mann
Popostecker	Homosexueller
Potukhl	weltfremdes Wesen
Potznliümpl	ungeschickter Mann
Pracka	jem., der nicht ganz richtig im Kopf ist

Praterhur Prostituierte, die im Prater (kostengünstig) arbeitet

Prepstleng (Probst) Fettwanst

Prestigeträchtige bürgerliches Mädchen, das von einem Adeligen schwanger ist

Proletensau ungebildeter, ungeschliffener Kerl

Proletentoaster Solarium für schlichtere Gemüter

Prothesn im Schädl?

Nicht klar bei Verstand?

Pritschn
1. liederliche Frau
2. Prostituierte (siehe *Matratzn*)

Privatdozentin Callgirl

Psycherl Psychopath, Mimose

Pülcha Strolch, Lump

Pudel di ned auf!

Mach dich nicht wichtig!

Puffgmachter im Bordell Gezeugter

Purzinigele zwergenhafter Mensch

Pusztawürschtl Ungar

Putz da die Zehnt, bevorsd mia aum Oasch leckn derfst!

Mach Mundhygiene, andernfalls dir nicht die Gnade widerfährt, mich am Arsch lecken zu dürfen!

Putz di!

Hau ab!; siehe *Verputz di!*

Putzdockn eitle Frau

Quadratschädl	Wasserkopf
Quadrattrottel	Trottel[2]
Quargl	*Red kan Quargl!* – Rede keinen Unsinn!
Quasimodo	Buckliger
Quengler	Nörgler
Querbrater	hinterlistiger Nebenbuhler
Querfut	Feministin (pej.)
Querpuderant	promiskuitiver Kerl
Querulantn-schädl	1. Querkopf 2. Intrigant

Rabenbratl	schlimmes Kind (sehr oft affirmativ)
rachitische Puderquastn	wachstumsgestörte Nutte
Radaubruada	Randalierer
Radikalinski	Extremist
Radlfahrer	Mensch ohne Rückgrat (jem., der nach oben buckelt und nach unten tritt)
Rafl	1. reizlose Frau 2. Mann ohne Manieren
Ram (räume) dei Hirn zamm!	Ordne deine Gedanken!
Rampensau	1. bühnengeiler Akteur 2. Selbstdarsteller
Rampen-schlampen	weibliches Wesen, das der Theateraura (Schauspieler, Regisseure, Bühnenbildner etc.) nicht widerstehen kann
Rawuzer	Dunkelhäutiger

Randstein-schwoibn	(Bordsteinschwalbe) Prostituierte
Ranzige	überwuzelte (gealterte) Frau
Ranziger	Langweiler
Ratschn	1. Tratschweib 2. Schwätzer(in)
Ratschkatl	Plaudertante
Ratz	hässliches weibliches Wesen
Raunzpastetn	Quengler
Rauschkind	Idiot, weil im Rausch gezeugt
Rauschkugl	Alkoholiker
Raviolizuzler	Italophiler, der sich Rimini nicht leisten kann
Rearbeidl	Heulsuse
Red dein Schwachsinn in a Sackl und stell mirs vor die Tür!	Laber deinen Stuss in eine Tüte und stell sie mir vor die Tür!
Rehfeign	sehr verlebte Frau

Reisgeher	Feigling *Do geht ma da Reis!* – Da bekomme ich es mit der Angst zu tun!
Reitschui	(Reitschule) Freudenhaus
Rettichknozer	(Rettich: WC) Klosettdauerhocker *Hau di am Rettich!* – Geh scheißen!
Riapl	Rüpel, Flegel
Richt di her fia dei Begräbnis!	Adjustiere dich, es geht dir an den Kragen!
Ribislnosn	Säufernase
Rinnäugl	Triefauge
Roiperlengel	(Rohypnol-Engel), Krankenschwester, die hochbetagte Patienten von deren Leiden per Rohypnol-Überdosis erlöst
Rostige Gurkn!	Alte Jungfer!
Rostiger	Rothaariger
Rotzbua	schlimmer Bub
Rotzfresser	Nasensekretesser; in Peter Handkes Publikumsbeschimpfung (1966) beinahe verewigt

Rotznigl	boshafter Junge
Rotzpippn	ungezogener Junge
Rotzschliafa	Nasenschleimesser
Rotztoschn	Grünschnabel
Ruachler	Geiziger, Geldgieriger
Ruamzuzler	1. Landei 2. Hungerleider (der an Rüben nuckelt)
Rumfassl	beleibter Schnapstrinker
Rumkugel	s. o.
Russ	ungehorsames Kind; in Wien wird ein primitiver Typ so tituliert

Sacklpicker

1. Tütenkleber (Häftlinge der Strafanstalt Stein führten diese Tätigkeit aus)
2. Inhaftierter
3. Versager

Sackzement!

Sakrament!

Sakrati!

Sakrament!

Sakristeiwanzn

siehe *Kerzlschlucker*

Salonbeidl

1. Aufreissertyp, schmierig, doch stets gut gewandet
2. jem., der sich in höhere Kreise einschleusen will

Samma angschitt?

1. Wohl betrunken, oder?
2. Könnte es sein, dass ich es mit einem Idioten zu tun habe?

Samma auf amoi wichtig?

Du bemühst dich heute, aber bleibst derselbe Fuzzi!

Samma auf unguat untawegs?

1. Geht es noch widerlicher?
2. Willst du einen Streit mit mir provozieren?

Samma ausgstopft im Hirn?

Ist dein Gehirn mit Sägemehl präpariert?

Samma eigentlich do, damit mia dia zuahean miassn?

Halts Maul, wir wollen uns unterhalten!

Samma in Gugging zammbastelt wordn?

Bist du in einer Irrenanstalt gezeugt worden?

Samma jetzt ganz deppert worden?

Bist bereits völlig verblödet?

Samma mit Absicht so gschissn?

Ist deine Scheißart eine Strafe Gottes für mich oder von dir beabsichtigt?

Samma no do oda tuast nua so?

Bist du noch geistig anwesend oder tust du nur so?

Samma no a wengerl bleda ois gestern?

Gestern warst du wenigstens nur blöd, heute bist du völlig vertrottelt – du steigerst dich!

Samma no ned gaunz deppert, weu heit no ned murgn is?

Und morgen bist du mir dann völlig unter der Hand verblödet!

Samma scho draufkumman, wia unnedig du bist?

Hast du endlich kapiert, wie entbehrlich du bist?

Samma wieda drauf?

Was haben wir denn wieder eingeworfen?

Samma wieda hergricht vom deppert sein?

Hast du wieder mal zu leiden an deiner Idiotie?

Sammas no oder is des Hirn scho in Oasch gangen?

Bist du noch bei Trost oder haben sich deine Nervenknoten bereits in den Arsch begeben?

Sandler

1. Obdachloser
2. Arbeitsscheuer

Sargnagel!

Du bringst mich noch ins Grab!

Sau
1. unappetitliches Wesen
2. Charakterschwein

Saubartl Schmutzfink

Saubeidl Schweinehoden

Saufarl (Sauferkel) schlampiges Wesen

Saufbian (Saufbirne) Trunkenbold

Saugerl
1. Schnorrer
2. Wucherer

Sauhund verschlagener Kerl

Saunauntensitzer verweichlichter Typ

Sauwabn böse, verkommene Frau

Sauzeachn (Zehe einer Sau) verachtenswerte Frau

Schabrackn verlebte Frau

Schaluppn alte Frau (eig. baufälliges kleines Gebäude)

Schandfleck Schandmal, Beschämung der Menschheit

Schas	1. Furz 2. wertloses Zeug 3. unbefriedigendes Ergebnis
Schas im Wald	inkarniertes Nichts
Schasaugerter	Kurzsichtiger
schasfreundlich	verlogen höflich
Schasgradn	dumme, hässliche Frau
Schasrodel	(Furzschlitten) Mopedauto mit 440 ccm
Schasspeiber	Furzkotzer
Schastackn	nervendes, altes Weib
Schastrommel	alte, unattraktive Frau
Schau den Radi von unten an!	Betrachte den Rettich von unten! (Stirb möglichst bald)
scheanglate Eun	(schielende Eule) hässliche Frau
Scheißer	1. Kleinkind 2. Feigling
Scheißhaus-besitzer	Habenichts

Scheißhausfliagn Klofliege, verachtenswertes Wesen

Schiab da dei gschissenes Lebn in Oasch!

Entsorge dich reziprok-rektal!

Schiabr

1. pejorativ für einen Mann, der in einer Beziehung mit einer Frau ist
2. Schmachtender ohne Glück
3. Weichei

Schiacher als der Traunstein!

hässlicher als der Traunstein (Berg in Oberösterreich); Mensch mit Hakennase, generell für unschönes Gesicht

Schiachperchtn hässliche Frau (hingegen werden anmutige Damen niemals als Schönperchten bezeichnet!)

Schiagnganger Denunziant, Petze

Schöwachl Dummkopf (eig. mit einer Schelle wedelnde, läutende Jahrmarktfigur)

Schlamperdatsch unordentliches Wesen

Schlampen der Prostituierte

Schlampoasch unordentliches Wesen

Schlankale	1. verführerisches Mädchen (affirm.) 2. Nymphomanin (pej.)
Schlaftablettn	Langweiler
Schlapfn!	1. Halt die Fresse! 2. verwahrloste Frau
Schlatterer	Taugenichts
Schlazer	Spucker
Schleimbeidl	Kriecher
Schleimscheißer	heuchlerischer, unterwürfiger Mensch
Schlitten	in keiner Weise wählerische Dirne (sie zieht mit jedem davon)
Schlurf	1. Halbstarker 2. ungepflegter junger Mann
Schmähduttln	Silikonbusen
Schmähtandler	Aufschneider, Lügner
Schmeißfliagn	1. lästiges Wesen 2. Schmarotzer, Schnorrer
Schmettarer	notorischer Verbreiter von Unwahrheiten *Geh, dua ned schmettern!* – Erzähl mir keine Lügen!

Schmutzbeidl	Geizhals
Schnalln	1. leichtlebiges weibliches Wesen 2. Hure
Schnallnweh	Freier, der sich von Prostituierten ausnehmen lässt
Schnarcher	fader Typ
Schneebrunzer	1. Schneepisser; nicht ernst zu nehmender Typ 2. Urbedeutung: einer, der altersbedingt beim Urinieren neben Harn auch Samen los wird
Schnepfn	1. dumme Frau 2. Prostituierte
Schnodabixn	Mensch mit Sprechdurchfall
Schnulznheini	Schnulzensänger
Schoitl	Blödian
Schokostecher	Analfixierter
Spaghettisultan	Dünnbeiniger mit Wampe
Schragn	alte Frau

Schuasta	Stümper; aber: *De kaun boid ana schuastan.* – Die kriegt jeder leicht ins Bett.
Schuastarant	Promiskuitiver
Schüfschneida	(Schilfschneider) Burgenländer
Schwachmatiker	geistig Beschränkter
Schwafler	Schwätzer
Schwammerl	1. unbedarfter Mensch 2. Mitläufer
Schwammerlbrocker	(Pilzesammler) Spießer
Schweinshaxn	unattraktive Beine einer Frau
Schwiibukl	Schweinebuckel
Schwiegermama-Handibussi-Geber	eine Art Traumschwiegersohn der klebrigen Sorte
Schwindliger	Spinner, Wolkenschieber
Schwitzer	Angsthase
Schwuchtel	Homosexueller

Seelenschliafer
1. jem., der in die Seele kriecht: Einschmeichler
2. Psychiater

Seckl
unangenehmer, lästiger Kerl; eigentlich von Säckel (kleiner Sack); Achtung: im Südtirolischen meist in der Bedeutung von »Penis« (nicht Hodensack)

Seicherl
Mimose

Selchroller
beleibtes Wesen in allzu engem Gewand

Sellsaugiger
Starrsinniger

Semperer
(Jammerer) *Wannst raunzen willst, geh ins Semperdepot!* (Gottfried Semper war einer der Architekten des heutigen Ateliergebäudes der Akademie der bildenden Künste in Wien)

Siach
1. Arschloch
2. gemeiner, aber schlauer Typ (weniger pej.)

Siaßler
Schmeichler, Mann mit klebrig-süßem Verhalten

Simandl
Pantoffelheld

Sittich
dumme Hure (siehe *Wellensittich*)

Soachtäscha	(Seichtasche) weiblicher (junger) Frechdachs
Söba!	(Selber!, i. S. v. »so denke ich auch über dich«) Replik auf Beleidigungen, äußerst selten auch auf Liebeserklärungen
Soletti	Schmalbrüstiger
Sonntagsfahrer	Spießer, der nur sonntags seinen Wagen aus der Garage holt
Spagatscheißer	unfähige Person
Spechtler	Voyeur
Speibsackl	Kotztüte
Staabruada	Inhaftierter der Strafanstalt Stein
Staascheißer	(Steinscheißer) jem., der an Obstipation leidet
Stadschauerte(r)	scheues Wesen mit leicht belämmertem Blick
Stanglputzerin	Prostituierte
Staudn	hässliche, hagere Frau

Staudnhucka	Angsthase
Steiger	Schürzenjäger
Sterzl	Kleinwüchsiger
Stiazla	(Stürzer) Vagabund, zwielichtige Person
Stinkerte(r)	Quälgeist, notorisch schlecht Gelaunte(r) *Gib a Ruah, sunst wer' i stinkert.* – Belästige mich nicht, andernfalls werde ich ungemütlich.
stinkerter Radi	übel riechender Rettich in Menschengestalt
Stopsl	Dummkopf, kleiner Junge
Straßengams	leichtes Mädchen
Strankalan	(Fisolen) siehe *Soletti*
Strawanzer	Taugenichts
Strichkatz	Hure
Strondleifa	(Strandläufer) Versager
Sturschädl	unbelehrbarer Mensch

Suach da ane aus!	
	man hält beide Fäuste vor das Gesicht des Kontrahenten
Suderant	1. Nörgler 2. Jammerer 3. Miesmacher
Sulzhaxn	(Sülzebeine) dicke, wabbelige Beine
Sumpa	Dümmling
Surm	ungehobelter Kerl, Provinzler

Tachinierer Arbeitsscheuer, Faulenzer

Tageteller-lutscher Langweiler, der regelmäßig sein (eher schlichtes) Mittagsmenü verspeist

Tatschga (Kröte) Feigling

Tattermandl
1. Pantoffelheld
2. Feuersalamander

Tatütata-Madame affektiertes Frauenzimmer

Tazzlfresser
1. (Papiertassenesser) jem., der seinen Hunger an der Würstelbude stillt
2. Junkfood-Liebhaber

Teiflanzünda diabolischer geht es wohl kaum: Person, mit der sogar der Teufel nichts zu tun haben will

Teifleine, schiacha Krampus!
Verdammt, du hässlicher Knecht Ruprecht!

Teige Teufel, schlechter Mensch

Terrischer Schwerhöriger
I plea eh scho, du terrische Kapöhn! – Ich brülle bereits und du taube Kapelle verstehst noch immer nicht!

Teschek ewiger Verlierer; einer, der immer ausgenutzt wird

Toagoff (Teigaffe) Trottel, Depp

Togga Trottel, Depp

toggale geistig minderbemittelt

Tolm dummer, verrückter Mensch (kommt von einem Grundelfisch)

Toost fauler, begriffsstutziger Mensch (meist wird »verdammter« vorangestellt)

Töli Einfaltspinsel

Tolawodl ungeschickter Mensch

Trampl dummes weibliches Wesen
Bleda Trampl!; spontane Titulierung (wohingegen *Trampl, bleda!* eher nach kurzer Reflexion über den Geisteszustand der zu Insultierenden fällt)

Trantsch s. o.

Tranchiert und ausbanlt gheast!
Zerteilen und ausweiden sollte man dich!

Trankler (Trinker) notorischer Alkoholkonsument in Gasthäusern

Tratschkadl Tratsche

Treapn dumme Frau

Trenzer
1. Person mit Speichelflussproblem
2. Heulsuse (beiderlei Geschlechts)

Trottelviech ein Tier kann kein Trottel sein, wohl aber ein Trottel ein Tier

Trümsler Trödler, Zeitverschwender

Trutscherl dumme Frauensperson

Tschecherant Gewohnheitstrinker

Tschentsche Nörgler

Tschentschn Nörglerin

Tschesn
1. altes Gefährt
2. betagte Frau

Tschoppale Tschapperl

Tschriasche	Depp
Tschwutschkale	Winzling (körperlich und/oder geistig)
Tschumpa	Schwachkopf
Tschure	Zeitvertrödler
Tschuschenkoffer	Plastiktüte
Tule	Vollidiot (auch: mürrischer Mensch)
tuppale	schwach bei Verstand
TV-Sportler	inaktiver Sportfanatiker, der Wettkämpfe vor der Glotze verfolgt

Uachana	Hinterwäldler
Ültis	(Iltis) Stinker
umatschuren	trödeln
Umfaller	unverlässlicher, sprunghafter Typ
Und soachn soist a nimma kenna!	Mögest du nicht (einmal) mehr in der Lage sein zu urinieren.
Ungustl	Unsympathler
unputzt	ohne Manieren
Urasser	Vergeuder
Urschl	dümmliche Frau

Vakumm!	Im Elend mögest du landen!
Vareck!	Verende, und zwar möglichst langsam! (So müsste der Wiener Untertitel von »Die Hard« lauten.)
Vazupf di!	Hau ab!
Veigerlfeign	Luxusnutte (Anspielung auf die violette 500 Euro-Note)
Verbrunzter	1. schwerst Verliebter 2. geiler Mann
Verkehrter	Homosexueller
Vernaderer	Denunziant
verpatzter Warmer	Homosexueller, der seiner Neigung nicht nachgibt
versaute Sau	versautes Schwein (demnach kein vermenschter Mensch)

versiffte Sau	verkommenes Dreckschwein

Versteck di am Heisl fia imma!

Dein Hauptwohnsitz möge ab heute für alle Zeiten eine Toilette sein!

vertrottelter Trottel	Exemplar eines Idioten, dessen IQ bald im Minusbereich
Voidoim	(Volldolm) Schwachkopf
Vollpoldl	Volldepp

Von mir kriagst höchstens ein Windbusserl!

Ich furze dir in den Mund, mehr Zärtlichkeiten kannst du nicht erwarten von mir! (Windbusserl: Bäckerei aus Eiklar, Zucker, Vanille und Stärkemehl)

Vor dir geniert si a oide Wixvorlag, so wia du ausschaust!

Vor dir erröten selbst Abgebildete in einem alten Pornoheft, wenn du sie betrachtest, so hässlich bist du!

Waachbian	(Weichbirne) Mensch ohne jegliche Merkfähigkeit
Waachgsoffener	Trinker mit erheblichem Intelligenzverlust

Waaßt du, wos immer für di sprechen wird? Wann du die Pappn haltst!

Dein bestes Argument lieferst du dann, wenn du schweigst!

Wachtl	alte Frau
Wadlbeißer	1. kleinlicher, hinterhältiger Kerl 2. stichelnder Typ
Wahnsinniger	Debiler
walsche Hur	italienische Hure
Walzn	sehr dicke Person

Wann i dir deine Stimmbandln anzeln außeschneid, dann redst wahrscheinlich weiter so deppert!

wantsche Tudl	dicke Frau

Wanzn Nervensäge
Lästige Wanzn!

Wappler sehr mäßig heller Kopf

Was dei Hirn is, is dir hoffentlich klar – a stinkerter Unterschlupf für den größten Schwachsinn seit Menschengedenken!

Waserl Angsthase

Watschngsicht Mensch, dem man am liebsten eine schmieren würde und der zugleich aussieht, als hätten das bereits einige erfolgreich besorgt

Wattl dicke Frau

Waunst du dei Brühn aufsetzt, schaust aus wia a Volksschullehrer auf Entzug!

Dauernd wühst auf da Prakn liegn – werst halt a Kuaschwanz wordn!

Wärest du als Kuhschweif auf die Welt gekommen, könntest du deine Fantasien leben – ständig auf einem weiblichen Genital liegen!

Weh
1. armseliger Typ
2. jem., der sich leicht ausnützen lässt

Weiberer	Schürzenjäger
Wellensittich	»Sittich in der Welle«: dumme, betrunkene Hure (siehe *Sittich*)
Wepsn	1. lebhaftes Mädchen 2. lästige Frau 3. Störenfried
Windfahnl	Jasager, Rückgratloser
Wiascht	(Würste) *Du gheast in die Wiascht!* – Du solltest verschwinden!
Wiaschtl	Mitläufer, Feigling
Wiaschtlwappler	siehe *Wiaschtl* und *Wappler*
Wichser	Onanierer, Außenseiter

Wie gehts eigentlich an Menschn wie dir so privat? Is es ned anstrengend, wann ma dauernd so a Trottl sein muaß?

Wiffzack	1. Besserwisser 2. Typ mit langer Verstandesleitung
Wimmerl	(Mitesser) Schmarotzer
Wimmerlagent	pickeliger Halbstarker

Windbeidl 1. unverlässlicher Typ
2. Prahlhans

Woglada (Wackeliger)
1. Hinfälliger
2. Zittergreis

Wölli Mensch ohne Manieren

Wos huastn wer i dir!
Von mir kannst du nichts erwarten!

Wuaschtl 1. Kasper
2. Penis *Kannst ma in Wuaschtl aufblosn?* – Wärest du zu einem Blowjob bereit?

Wuaschtlpeda (Würstelpeter) Schussel

Wudupf (Widehopf) mürrischer Mensch

Wugakaoupf Dickschädel

Wurschtfredl Hautarzt

X

a b c d e f g h i j k l m n o p q r s t u v w x y z

Xanthippn	kratzbürstige Frau, Hausdrachen

Y

a b c d e f g h i j k l m n o p q r s t u v w x y z

Yeti	grobschlächtiger Mensch

Zaga	(Zeiger) *Du gehst ma am Zaga!* – Du nervst!
Zaggler	1. Ungebildeter 2. unordentlicher Mensch
Zamm-gschissener	1. jem., der ein (verbales) Donnerwetter erleiden musste 2. Duckmäuser 3. Wesen von zweifelhafter Herkunft
Zampano	Großkotz, Aufschneider
Zangen	siehe *Bissgurn*
Zangengeburt	offenbar hatte der Kopf schon sehr früh zu leiden
Zapferl	(Zäpfchen) sehr kleiner Penis
Zartele	Mimose
Zarterl	Rührmichnichtan
Zechn	(Zehe) Hure
Zeck	Blutsauger, lästiges Wesen

Zezn	Mimose
Zickn	weibliches Wesen mit unsympathischem Verhalten
Zimtzickn	Steigerung von Zickn (s. o.)
Zimperliesl	wehleidiges Mädchen
Zipf	Langweiler, humorloser Typ *Fader Zipf!*
Zipflachehenker	Depp
Zipflschwinger	Exhibitionist
Zipftriller	1. Trottel 2. unaufmerksamer Arbeiter
Zirbnzuzler	1. Tiroler 2. notorischer Zirbenschnapstrinker
Ziwal	leichtes Mädchen
Znepfter	ramponierter, zerzauster Typ
Zniachtl	Schwächling
Zornbinkl	Choleriker
Zottnklauber	(Zotten: Haare; klauben: (auf)sammeln) ungepflegter Mensch

Zuagraster (Zugereister) Zugezogener (und somit nicht Integrierter)

Zuagrittane Ehe die Prostituierte ins Berufsleben einsteigt, wird sie vom Zuhälter »zugeritten« (sexuell »instruiert«), um ihm dann als sein »Pferderl« viel Freude zu machen

Zumpferl kleiner Penis

Zumpferldoktor
1. Urologe
2. Dermatologe (Facharzt für Haut- und Geschlechtskrankheiten)

Zussl verlotterte Alte

Zuwesteiger aufdringlicher Schürzenjäger

Zuzlbua Muttersöhnchen

Zweschpl geistig zurückgebliebenes Wesen

Zwiderwurzn
1. griesgrämiges, unausstehliches Wesen
2. Rechthaber(in)

Zwergponyreiter Riesenfeigling

Zwilling Schizophrener

Zwirnscheißer umständlicher, komplizierter Typ